한국 희곡 명작선 171

춘천거기

한국 희곡 명작선 171

춘천거기

김한길

평민사

깊
한
길

춘천기

등장인물

수진 _희곡작가
선영 _수진의 친구, 대학 강사
명수 _선영의 애인
세진 _수진의 동생, 대학원생.
영민 _세진의 애인
주미 _세진의 친구
지환 _선영의 후배, 웅덕의 친구
병태 _영민의 친구, 수진의 후배
웅덕 _주미의 애인, 지환의 친구

무대 후면으로 계단식 단이 삼 단으로 놓여 있다. 가장 아랫단
은 무대로 향해 있고 두 사람 정도가 여유 있게 지나다닐 수 있
는 넓이이다. 두 번째 단은 사람 한 사람이 쉽게 앉을 수 있고
세 번째 단은 사람이 걸터앉거나 술병이나 화분 등의 소품이 안
정감 있게 놓여질 수 있는 정도의 넓이이다. 이 세 단 전체의 높
이가 일반 성인의 허리 높이를 이루고 있어서 단 뒤로 등 퇴장
하는 배우의 모습이 드러나고 의자를 두고 앉았을 때는 바테이
블 정도에 앉은 높이를 가지게 된다. 첫째 단은 무대 하수 다운
스테이 쪽으로 연결되어 야외 장면에서 공간의 구분으로 사용
될 수 있고 바닥에는 좌식 테이블과 매트리스보다 조금 낮은 퀸
사이즈의 침대가 놓여 있는데 이 침대는 춘천 펜션에서 테이블
로 사용될 수 있다. 상부 장치로 한쪽에 풍경이 걸려있어도 좋
겠다. 하나 더 덧붙이자면 계단식 단은 구조물로 기능만 갖춘다
면 다양한 미술적 디자인이 더해졌으면 좋겠다. 바닥 한쪽으로
놓인 좌식 테이블 위에 키보드 자판이 놓여 있다.

풍경 소리 들리면 한 손에 티백 우린 머그잔 들고 모습 보이는 수진.

다른 손에 들린 책을 읽으며 좌식 테이블로 앉는다.

수진   사랑의 무자비한 착상. 모든 크나큰 사랑은 사랑의 대상을 죽이려 하는 잔인한 생각을 수반하고 있으며, 그럼으로써 단번에 변화의 난폭한 유희를 치워버리려고 하는데 그것은 사랑이 파멸보다는 변화를 더 무서워하기 때문이다.

파멸보다는 변화? (책 표지 확인하며) 니체. (테이블에 앉아 책 내용을 자판으로 옮기다 오타가 난다) 사랑의 무자비한 착상. 모든 크나큰 사랑은 사랑의 대상을 죽이려 하는 잔인한 생각을… 아이고. 잠이 아니고 잔인.

키보드 지우기 자판을 누르며 어두워진다.

– 선영 집.

전화하고 있는 선영. 편한 차림의 명수. 파란 칫솔 양치하다 선영 통화 시작하자 나간다.

선영   여보세요. 어 난데. 아니, 현관문까지 나갔는데 다리가 풀리면서 눈앞이 하얘지더라고. 먹은 것도 없는

데 다 토하고. 어쩌지 미안해서. 정말 미안하다고 좀
전해줘.

명수 가글 하고 나온다.

명수   됐어?
선영   뭐야, 이 나이에 이런 거짓말이나 하고.
명수   애들이야 휴강 됐다면 좋아하지 뭐.
선영   대학원생들이 애들이야?
명수   됐구나.
선영   몰라, 다음 주 보강 하면 되지 뭐. 자기는 회사 정말
          괜찮아?
명수   나 지금 출장 중이라니까요.
선영   아. 이렇게 자기랑 집에서 뒹굴뒹굴하니까 너무 좋다.
명수   자기가 전임 준비하느라 바빴지 뭐. 우리 이게 얼마
          만이야.
선영   우리? 한 달하고 (다이어리 확인한다) 삼 주에, 오늘이
          금요일이니까 57일 만이다.
명수   … 57일 만이야?
선영   … 다음 주 수진이 생일이네.
명수   다음 주 언제?
선영   금요일. 올 수 있어?
명수   봐서. (다이어리 사진 보고) 여기 어디야?

8

선영　춘천.

명수　여행 계모임 했을 땐가.

선영　아직도 해.

명수　이거 수진이가 쓴 선글라스 자기 거지.

선영　주미 머리 짧으니까 남자 같지 않아?

명수　세진이는 이때 쌍꺼풀 없었네?

선영　수술 전이니까.

명수　그렇지?

선영　나도 했어.

명수　자기는 티 안 나. 이거 대학교 때 극회 동아리 사진 보는 거 같다. 춘천 갔을 때.

선영　같은 사람들이니까. 수진이 진우 오빠한테 전화 왔었대.

명수　수진이랑 결혼할 뻔했던 남자?

선영　전화해서 자기 이혼할 거라고 그랬대.

명수　수진이 보고 어쩌라고.

선영　그러니까. 웃기지. 버리고 갈 때는 언제고. (명수 손을 보고는) 자기 손톱 하얀 반달이 크네. 자기는 건강 체질이다.

명수　(자기 손톱 보며) 그래?

선영　수진이가 뉴욕까지 쫓아갔었잖아 그 오빠 만나러. 난 못 그래. 아니 어떻게 주소만 들고 태평양 건널 생각을 해. DHL도 아니고.

명수	수진이가 희곡 보냈더라. 자기한테도 보냈지?
선영	그거 우리 얘기 같더라.
명수	설마.
선영	아니겠지?
명수	근데 시작이 좀 무겁더라. 사랑의 무자비한 착상.
선영	재미있어야 사람이 좀 들 텐데.
명수	그러게. 수진이나 나나.
선영	자기 소설은 재밌어.
명수	재미없어.
선영	재밌어.
명수	어둡다며.
선영	밝은 것만 재밌는 건가.
명수	어두우려면 가벼우면서 정서가 있던가. 웃기려면 깊이가 있으면서 의도가 있던가. 난 어두우면서 무겁지. 가벼우면서 안 웃기지.
선영	(수첩에 메모 준비하며) 다시 다시 정리해서 얘기해 봐. 수업 시간에 학생들한테 얘기해 주게.
명수	뭘 학생들한테 얘기해 나도 뭔 소린지 모르는데.
선영	어두우려면 가벼우면서-. 깊이?
명수	정서.
선영	웃기려면….
명수	깊이가 있으면서 의도.
선영	의도가 있던가….

명수	수진이가 읽고 전화해 달라 그랬는데.
선영	나 수진이네 집에서 자기로 했구나.
명수	오늘?
선영	내일. 여기 수다라고 쓰여 있어서 뭔가 했네. 내일 우리 일 주년인데. 수진이한테 전화할까.
명수	아니야. 나도 내일 회식 있어.
선영	뭐야.
명수	일주년 오늘 하자.
선영	뭐 해 줄 거야.
명수	자기 전임되면?
선영	일주년. 반지? 나 혼자 사서 낄까.
명수	반지?
선영	그래도 돼? 그러고 싶다. 자기가 돈 내면 되잖아. 응?
명수	….
선영	응?
명수	알았어.
선영	비싼 거로 한다.
명수	싼 거로 해.
선영	내일 자기가 같이 반지 못 고르는 대신 나 오늘 맛있는 거 해줘.
명수	뭐 먹고 싶어.
선영	떡볶이?
명수	좋아. 집에 떡 있어?

선영	아니 없어.
명수	라볶이 해 줄까. 라면 있잖아.
선영	(고개 저으며) 음….
명수	떡 사 와?
선영	귀찮잖아.
명수	사 오지 뭐.
선영	나가지 마. 자기야, 내가 춤 보여줄까?
명수	하지 마.
선영	이리 와 봐. 내가 가르쳐 줄게.
명수	떡 사 올게.
선영	자 이명수 학생. 이리 와서 기초동작부터 하세요.

선영 춤춘다. 그 모습 보고 있는 명수. 선영 명수 시선에 멈춘다.

명수	한 달도 안 된 사람이 뭘 가르쳐.
선영	왜- 나 우리 선생님이 많이 늘었다 그랬어.
명수	누구나 하면 늘겠지. 하면 안 되는 게 세상에 어디 있어.
선영	자기도 소설 계속 써. 작가 이명수. 출판 기념회. 워커힐 호텔.
명수	난 신춘문예 최종 심사 올랐던 걸로 만족해.
선영	계속 써. 자기 좋아하는 칼의 노래 김훈도 기자 생활

했잖아.

명수　카레 노래?

선영　칼의 노래. 김 훈.

명수　카레 송. 너 좋아하니 카레. 나 사랑한다. 카레. I LOVE YOU. YOU LOVE ME.

선영　뭐야.

명수　카레 카레.

선영　어.

명수　카레 해 줄까? 그 양반이야 편집국장까지 하고 그랬고. 난 사람들 잘 알지도 못하는 잡지 일개 기자고.

선영　꿈은 자기 안에 희망을 발견하는 거라고 그랬어. 사람이 사는 데 꿈이 있어야지.

명수　나 그런 꿈 안 가져. 마음만 상해. 대서양 한가운데서, 2차 대전 때 침몰한 보물선 찾기. 난 안 해요.

선영　꿈꾸고 있는 동안은 행복하잖아.

명수　그게 행복하냐. 생각하기만 해도 암담하다. 보너스 연봉 오르고 대출 상환 끝나고 그게 행복이야.

선영　그런 행복은 채워져?

명수　사람이 항상 행복하게만 살 수 있어.

선영　내가 전임되면 자기 소설만 써. 내가 먹여 살릴게.

명수　(선영 코를 잡으며) 이놈의 자식이.

선영　코 나와.

명수 선영 코 잡은 손을 입에 가져간다.

선영   미쳤어.

명수   안 묻었어. 수진이 생일이 금요일이라 그랬나.

선영   왜.

명수   다음 주 회사 사람들 낚시 가기로 한 거 같은데.

선영   못 와?

명수   글쎄. 그때 가봐야 알겠는데.

선영   내일은.

명수   내일은 전체 회식.

선영   매일 마시는 술. 지겹다. 그놈의 술. 내일 날 잡았으니까 얼마나 마실 거야-. 나 자기 취한 모습 정말 싫어.

명수   아니야, 그렇게 벼른 날이 오히려 더 안 마시게 되더라고.

선영   설마.

명수   부장 컨디션 따라서 다르지 뭐.

선영   또 아가씨들 있는데 가겠네.

명수   우리 부장 북창동 너무 좋아해.

선영   그런데 가면 뭐 하고 놀아.

명수   술 마시고. 노래 부르고. 춤추고.

선영   여자 너무 좋아하는 거 아니야.

명수   가고 싶어서 가나. 끌려가는 거지.

선영   설마. 안 봐도 보여.

명수	나 그런데 가면 구석에서 그냥 조용히 술만 마셔.
선영	명수 씨가 안 더듬어. 더듬지. 더워. 저리 가.
명수	미쳤어. 나 그런 데 가면 손도 못 잡어.
선영	자꾸 그래 봐. 나도 호스트 바 갈 거니까.
명수	돈이 넘쳐. 그런데 얼마나 비싼데.
선영	아가씨들 있는 데는.
명수	내가 내냐. 부장이 알아서 계산하지.
선영	내일 삼십 분마다 전화해. 술 취하기만 해봐.
명수	미리 얘기하잖아.
선영	정말 싫어.
명수	자기 호스트 바 가고 싶으면 나한테 돈 내. 내가 싸게 해 줄게.
선영	자기는 나이가 안 되잖아.
명수	그러니까 싸게 해 준다고.
선영	(지갑 꺼내 잡으며) 얼마니? 너.
명수	긴 밤에 5천 원이요. 누님.
선영	뭐?
명수	우리 사장님이 미쳤어요. 진짜 싸죠?
선영	그럼 누가 좋은 건데.
명수	(선영의 지갑을 가져가며) 카드로 결제할까요?
선영	자기 나 사랑해?
명수	우리 문화상품권 되는데. (지갑에서 명함 보며) 팀장 조한선? 누구야.

선영   자기는 나랑 자면 돈 굳었다고 생각한 적 있어?

명수   그런 말이 어디 있어.

선영   장난으로.

명수   장난이라도.

선영   자기도 그랬잖아.

명수   나야 장난….

선영   (명수에게서 지갑 가져오며) 말해 봐. 그냥 궁금해서 그래. 아-무 의도 없이.

명수   나는 자기랑 자면 사랑이 더 굳는다고 생각해.

선영   그렇게 굳다가 부서지면 어떻게.

명수   뭐?

선영   자기 사랑 안 믿는다며.

명수   사랑보다는 신의를 더 믿었지. 근데 나 지금 자기 사랑하잖아.

선영   아유 선수 멘트.

명수   사랑은 믿어. 사람을 못 믿지.

선영   난 반지 하면 자기처럼 빼는 일 없이 어디서나 끼고 있을 거야. 술 취하지 마. 내일 신의 지키는지 믿어 볼 거야.

명수   괜히 모험하지 마.

선영   쓸데없는 소리 하지 말고 신의건 믿음이건 둘 중의 하나 지켜.

명수   그게 아니라 반지. 다른 사람한테 뭐라 그러려고.

선영   엄마 거라 그러지.

휴대전화 진동음.

선영   (두 사람의 전화기 확인하고는) 내 전화 아닌데.
명수   우리 그냥 뭐 시켜 먹을까?
선영   받아.

명수 전화 받는다.

명수   여보세요. 응. 당신이야? 잘 도착했어. 약은 먹었어?

선영 휴대전화 벨 소리.

선영   (선영 전화 받는다) 어, 주미야. 오늘 잘 만났어?

선영 명수 서로 전화 통화를 의식하며 다른 방향으로 멀어
진다.

– 주미 집.

주미, 흥분한 모습으로 선영과 통화하며 보인다.
전화 통화하는 사이 외출복에서 실내복으로 갈아입는다.

주미	완전 남미 람바다야. 아니 하는 짓 안 그런 거 같은데 스타일이. 콧수염 길렀다니까. 단추도 세 개나 풀어 헤치고.

완전 남미 람바다야. 아니 하는 짓 안 그런 거 같은데 스타일이. 콧수염 길렀다니까. 단추도 세 개나 풀어 헤치고.

아니 말하는 거나 다 그냥 뭐 괜찮은 거 같은데.

몰라 가슴에 털 났을 것 같아. 아니, 보지는 못했지. 근데 보기에 딱 그래. 맘에 드는데? 눈. 눈은 맑더라. 그 사람이 자꾸 시선을 피하더라고. 웃기잖아, 스타일은 남미 람바다덴 수줍어하니까. 내가 자꾸 보게 되더라고. 언니가 직접 봐야 해. 언니 볼래?

아니, 자기네 펜션 한다고 몇 명이 와도 공짜로 해준다 그러거든. 수진 언니도 알던데. 왜, 언니 후배어. 지환 씨. 그 사람한테 지난번 우리 공연 때 사람들 몰고 가서 돈 내고 보라고 했다며? 그때 인사했대. 갈까? 세진이도 바람 쐬고 싶다 그랬거든.

언니, 수진 언니, 세진이. 우리 여행 계모임 뭉친 지가 언제야. 언니 근데 지금 통화해도 돼? 휴강? 왜. 웬일. 언니가 휴강을 다 하고. 언니 어디 아픈 건 아니지? 언니, 리마리오한테 전화 왔다 어떻게? 가. 마. 알았어. 일단 끊어. (수신 바꿔 받으면 다른 사람처럼 바뀐다) 여보세요. 네- 지금 막 들어왔어요. 내일이요? 글쎄요.

갈아입은 외출복과 핸드백을 챙겨 나간다.

- 청평사.

가까이 풍경 소리. 세진 모습 보인다. 세진은 영민의 휴대전화기 수신 연결음 설정을 바꿔 주고 있다. 잠시, 세진을 부르는 영민의 소리.

영민 세진아.
세진 어. 여기.

세진의 대답을 듣고 영민 들어온다.

세진 어떻게 됐어 입장료?
영민 입장료 냈어.
세진 거봐. 내가 안에 사람 있을 거라 그랬잖아. 오빠도 나처럼 기어서 들어오지.
영민 너처럼 기어 오다가 걸린 거 아냐. 아저씨가 앞에 가는 여자 누구냐고 묻더라.
세진 그래서?
영민 모르는 사람이라 그랬어. 잘했지.
세진 잘했네. 근데 얼마야?
영민 천칠백 원.
세진 오빠 고등학생이라 그러지. 믿었을 텐데.
영민 고등학생이라 그랬지.

세진	그런데.
영민	안 믿어.
세진	아깝다. 천칠백 원.
영민	됐어. 참아.
세진	아니 오빠 옛날에 주민등록증 보자는 데도 있었는데. (핸드폰 영민에게 주며) 비번 풀어봐
영민	해리피아. 그 집은 그때 그게 서비스였어.
세진	됐다. 들어 봐.
영민	들어봐? (휴대전화 받아들며) 아이고, 무거워.
세진	(까르륵 웃음 터지며) 재밌어.
영민	기가 막히지.
세진	오빠 진짜 천재인 거 같아.
영민	(휴대전화 수신음 들으며) 문리버… 나나나나….

세진 영민의 모습 사진 찍는다.

세진	(사진 보며) 귀엽게 나왔다.
영민	(양손으로 귀 감추며) 귀 없게.
세진	(연못 들여다보고는) 와, 잉어다.
영민	(연못 속 잉어 가리키며) 저거 침 뱉으면 먹는다. 볼래?
세진	하지 마.

영민 침을 모은다.

세진	하지 마.
영민	(연못에 침 뱉고는) 봐. 먹지.
세진	진짜 먹네.
영민	해 봐.
세진	더러워.
영민	뭐가 더러워.
세진	그럼 침이 더럽지. 안 더러워.
영민	그럼 키스는 어떻게 하냐.

세진 다가오는 영민을 피한다.

영민	왜?
세진	사람들 보잖아.
영민	뭐 어때.
세진	그래도.

멀리 풍경소리. 영민 풍경 보이는 곳으로 가서는 세진을 부른다. 세진 영민 곁으로 간다.

영민	퀴즈.
세진	퀴즈?
영민	퀴즈… 풍경 가운데 매달려 있는 게 뭔지 알아?
세진	퀴즈.

세진 영민에게 정답을 맞히라고 물고기 흉내 낸다.

영민   정답. 골룸?

세진   붕어.

영민   물고기.

세진   그러니까.

영민   왜 물고기게? 하고 많은 동물 중에.

세진   자린고비?

영민   야, 스님들 계신 산사에?

세진   어. 나 이거 어디서 들었는데.

영민   꼭 절이 아니어도 옛날 한옥에도 달려있어.

세진   나, 누구한테 들었지?

영민   뭐. 이 얘기 알아?

세진   아니 계속해봐.

영민   그러니까 옛날에는 거의가 목조건물이었잖아. 화재 위험 그만큼 크니까 물 상징하는 물고기 달아 놓은 거야. 예방 의미로. 아, 그 목탁도 물고기 모양이잖아.

세진   맞다. 들었다.

영민   어디서?

세진   몰라, 그냥 들었어. 정말 불이라도 나면 대책 없었을 거야. 산에는 담수도 없으니까. (잠시) 저수지.

영민 담배 찾아 문다.

세진   (영민 입에서 담배 빼며) 피지 마. 심폐 운동한 다음에 담
         배는? 담배는?

영민/세진 독약.

세진   좋은 공기 마셔. 오빠 우리 뽀뽀할까.

영민   하지 마. 마늘 냄새나.

세진   나 양치했는데.

영민   나한테 난다고.

         세진 휴대전화 울린다.

영민   전화 온 거 아니야?

세진   (전화 받는다) 주미야. 어, 콧수염. 어, 눈. 어, 춘천. 어-
         (전화 끊는다) 오빠, 쭈민데. 우리 언니 생일 때 자기 소
         개팅한 남자 펜션에 놀러 가자네. 춘천. 오빠도 가자.

영민   내가 거길 왜 가.

세진   병태 오빠도 올걸.

영민   변태가 거길 왜 가.

세진   우리 언니 작품 연출이잖아.

영민   근데 변태가 거길 왜 따라가.

세진   그냥 다 같이 바람 쐬러 가자는 거지. 몇 명이 와도
         된다고 했대. 되게 넓은 가봐 펜션. 다 아는 얼굴이잖
         아 가자 오빠도.

영민   담수, 신담수. 담수 형 어깨가 넓지. 너 만날 때 헬스

시작했지?

세진 왜 그러는데.

영민 왜 그러는데? 내 앞에서 담수 선배 이름이 나와?

세진 내가 뭐 일부러 그랬어?

영민 일부러 그런 거 아닌지 알아서 기분 나쁘다고.

세진 뭐?

영민 일부러 그런 게 아니면 무의식적으로 나온 거 아니
야. 왜 담수 형이 아직도 네 무의식에 남아 있냐고.

세진 그만하지.

영민 뭘 그만해.

세진 나도 참고 있으니까 그만하라고.

영민 참아? 네가? 네가 뭘 참아? 아, 담수형 생각나는 걸
참아. 얘 웃기는 애네 진짜.

세진 진짜 웃긴 건 오빤데. 오빠 여기 처음 와?

영민 뭐?

세진 여기 누구랑 왔는지 기억 안 나?

영민 너 진짜 웃긴다. 누구랑 왔는지 기억 안 나? 당연히
안 나지 처음 왔는데.

세진 처음 와? 오빠 진짜 웃긴다. 처음 와. 하늘에 두고 맹
세 할 수 있어?

영민 아. 나 미치겠네! 얘.

세진 아니 하늘에 두고 맹세 할 수 있냐고.

영민 맹세해.

세진　오빠 여기 처음 아니야. 여기 어떤 여자랑 왔는지 기억 안 나?

영민　내가 여길 어떤 여자랑 오느냐고?

세진　그럼 풍경 얘기는 누구한테 했어?

영민　내가 너하고 여길 왔었다고.

세진　아까부터 감정 꼬인 게 누군데 되지도 않는 말꼬리 잡고 시비를 거냐. 말해봐 누구랑 헷갈렸어?

영민　(잠시, 생각을 더듬는다) 너하고 여기를 왔었다고 내가. 그 모텔도 너하고 나 둘이 갔었고.

세진　… 누구랑 갔어?

영민　내가 그걸 어떻게 알아?

세진　뭐?

영민　네가 어떤 새끼랑 그 모텔에 갔었는지 가서 뭘 했는지 내가 어떻게 아냐고. 풍경 얘기, 내가 너한테 한 적 있다고?

세진　풍경 얘기한 적이 없다고. 그럼 난 누구한테 들었을까?

영민　옛날에 소백산 갔을 때 부석사에서 이상범 교수가 해 준 얘기거든. 나 이상범 교수, 희주 누나, 동진이, 담수 형 이렇게 갔을 때. 그때 담수 형이 나중에 여자 꼬실 때 써먹는다고 그러더라. 풍경 얘기. 네가 여기 누구랑 왔었는지 물어봐. 담수 형한테.

세진 전화기 꺼내 든다.

영민   담수 형한테 전화하냐?

세진   미연이한테 전화한다.

영민, 세진이 전화하려는 것을 막으려다 세진 손가락에 작은
충격이 간다.

세진   (손가락에 예민한 통증이 온다) 아-. (사이) 맞아. 풍경 얘기
담수 오빠한테 들었어.

영민   (몇 가지 올라오는 감정을 누르며) 그래-.

세진   근데 담수 오빠가 그 얘기 할 때 나만 있었던 거 아
니거든. 미연이도 같이 있었거든. 미연이가 청평사에
서 아는 오빠한테 들은 얘기라 그러더라. 풍경 얘기.
그 오빠가 누군지 이제야 정확히 알겠네.

영민   미치겠네! 애.

세진   (폭발한다) 정말 미쳐버릴 것 같은 사람이 누군데. 너
미연이랑 한 짓 생각나면 나 이러다 정신병자 돼버
리는 거 아닌가 겁나. 무서워. 아까 그 모텔도 미연
이랑 갔던 거 아니야? 힘들었겠다. 처음 오는 모텔인
척하느라.

영민   조용히 해라. 절도 있고 그런데.

세진   왜 미연이는 임신 안 시켰어? 모르지. 나 데리고 갔

26

던 병원에 같이 갔었는지.

영민　년 담수 형이랑 안 그랬어?

세진　너 만나기 전이었어.

영민　(울고 싶다) 너나 그러지 마 싸가지 없게.

세진　(사이) 병신. 재수 없어. (자리를 떠난다)

영민　야. (세진을 잡으며 따라가 잡으며) 야.

세진　놔. 이거 놔.

영민　뭐. 다시 한번 말해봐.

세진　병신아. 너 재수 없다고.

화관 쓴 소녀(수진) 나온다.

소녀　바람은 우산을 젖히듯 달려들고
　　　　무심히 팔자 좋게 술 한잔 떠올리는 궁핍한 청춘아.
　　　　멍한 틈 사이사이로 정신없이 빠져나가는 하루의
　　　　끝자락마저 보내놓고 한숨으로 저녁 짓는 박약한
　　　　청춘아
　　　　비 멎고 바람 쉬고 술도 깨었는데
　　　　길게 남아 찰나로 마주한 인생에 맞담배 꼬나무는
　　　　청춘아.

어두워진다.

– 수진 집.

테이블 키보드 앞에 앉아 전화 통화하고 있는 수진.

수진 명수야. 왜 이렇게 시끄러워. 노래방이니? 다 읽었
어? 편하게 얘기해 줘 그래야 도움이 돼. 제목? 아
직 오월동주. 이상해? 그래…? 명수야. 너 다음 주 금
요일에 시간 낼 수 있어? 아니, 선영이가 주미 소개
팅해 줬는데. 그 사람이 펜션 공짜로 해 준다고 놀러
오라고 했나 봐. 여보세요… (전화 끊긴다) 뭐야?

다시 진동음. 수신자 확인하고 전화 받는 수진.

야, 전병태.
너 어제 몇 시까지 마셨어? 네가 전화한 게 몇 신데.
병태야, 누나 부탁 하나만 하자.
제발 술 먹고 전화하지 마.
병태 너 전화 한 것도 기억 못 하잖아.
할 얘기 있으면 맨정신으로 해.
근데 너 왜 전화했냐.
아니 서비스센터 가지고 갔는데 하나 사는 게 났겠어.
그래? 그럼 내가 지금 메일로 보낼게. 페이지 많은데.
그래 병태야. 고맙다. 들어가.

병태에게 메일 보내는데 초인종 소리. 밖에서 수진 부르는 선영.

선영　　수진.

수진　　응 선영.

수진 메일 급하게 보내고 출입문 방향으로 나간다.

– 병태 집.

영민 들어온다. 침대 이불 속에 모습 가려져 있는 병태.

영민　　자기야. 우리 자기 전화는 왜 이렇게 안 받아요.

영민 침대 이불 들치는데 거꾸로 누워있는 병태의 맨발이 드러난다.

영민　　(병태 발 들어 보며) 삭발했네. 변태. 양치 좀 해라.

병태　　통화 중이었어. 왜.

영민　　한잔하게.

병태　　(귀찮아한다) 술 사 왔어?

영민　　나가. 답답해.

병태　　돈 없어 나.

영민	있어. 나.
병태	뭐에다 먹게.
영민	나가봐.
병태	(겨우 몸 일으켜 영민 보고는) 새끼 한잔했구먼. 나 어제 술 많이 해서 힘들어 죽을 것 같아. (다시 이불 속으로 눕는다) 나 좀 살려줘라.
영민	해장해 해장. (병태 옆으로 누우며) 옷 입어 나가게.
병태	어디서 마셨냐.
영민	몰라. 세진이하고 완전히 끝났어.
병태	이제 안 믿어 새끼야 끝났다는 말.
영민	박살났다니까.
병태	미연이하고 왜 그랬냐?
영민	모르면 가만있어.
병태	봐라. 세진이 놓치면 후회한다 너.
영민	가만히 있으라고. 나 왜 이 모양이냐.
병태	가서 빌어.
영민	빌긴 뭘 빌어. 아 이제 빌어도 안 돼. 김영민 미친 새끼. (운다) 세진아.
병태	(몸 일으켜 영민 본다) 술 먹기 겁나게 만드네.
영민	세진아 -
병태	야 너 술 얼마나 처마신 거야.
영민	됐어 갈래. 짜증 나. (일어나 나가려다 돌아서서) 새끼 뭐 이러냐. 지 괴롭다고 술 처먹고 달리는 택시에서 뛰

어내리려고 별 쇼를 다 하는걸….

병태　내가 언제?

영민　수진 누나. 애인 쫓아서 미국 갔을 때 너 안 그랬어?

병태　알았어. 나가. 몇 년 전 얘기구면. (일어나 바지 입으며) 뭐에다 먹게.

영민　닭에다 먹지 뭐.

병태　치킨 질리지도 않냐.

영민　숯불 가? 참나무 닭나라.

병태　거긴 막걸리 안 팔잖아.

영민　그럼 어디?

병태　회?

영민　… 변태 씨-. 너 좀 보태.

병태　그냥 얘기해 봤어. 닭 싫은데. 어디 있지?

영민　전화기 손에 들고 있구면.

병태　열쇠.

병태 갈아입은 바지 주머니 안에 들어있는 열쇠 확인하고는 머리에 왁스 바른다.

영민　그냥 모자 써.

병태　닭나라 딸 나올 시간이잖아.

영민　걘 고등학생이잖아.

병태　3학년이잖아.

병태 나가면 영민 병태가 바른 왁스 챙겨 들고 따라 나간다.

– 수진 집.

수진, 선영 보인다. 선영 프린터기 들고 있다.

선영   왜 이렇게 전화를 안 받아요.

수진   명수랑 통화 중이었어.

선영   둘이 뭐 있는 거 아니야?

수진   관심 없다 유부남.

선영   전화 안 받아서 혼자 들고 오느라 정말.

수진   프린터기야?

선영   야, 이거 쓸 만한 거냐?

수진   디자이너나 쓰는 거야. 꽤 줬겠다.

선영   생일 선물 미리 주는 거야. 급할 거 같아서.

수진   어머, 나쁜 년.

선영   네 연극 초대로 본다.

수진   이건 생일 선물이잖아.

선영   배고프다 하루 종일 떠들었더니.

수진   그래, 그럼 밥 차려줄까?

선영   안 돼. 참아야 돼.

수진   그래? 그럼 좀 씻거.

선영   작가 선생님이나 되셔서. 씻어.

수진	씻어.
선영	나 갈아입을 옷 좀 주세요.
수진	(선영 옷 챙기며) 명수도 나한테 씻것어 씻었어 가지고 뭐라 그러더라.
선영	그 사람도 작가잖아. 같은 작가면서 왜 그렇게 달라.
수진	(선영 갈아입을 옷 건네며) 명수는 국문학 전공이고.
선영	치대 출신 작가는 씻거라 그래도 돼?
수진	시비 걸지 말고 씻어.

선영 옷 갈아입으러 들어간다.

| 수진 | (프린터기 가져다 상자 열며) 자, 공부합시다. |

세진 모습 보인다.

수진	왔나?
세진	응.
수진	선영이 왔다.
세진	맞나?
수진	우리 프린터기 생겼다.
세진	새 거네.
수진	선영이가 미리 준 생일 선물.
세진	언니야 부럽다. 주변에 좋은 사람들 많아서.

수진	선영이가 너 보톡스 맞은 병원 소개해 달라카드라.
세진	그거 얘기하지 말지.
수진	뭐 어떻노.
세진	선영 언니 한다 카드나?
수진	너 다시 맞을 때 같이 한다는데.
세진	그라믄 뭐 싸게 할 수 있겠다.
수진	너 얼굴이 왜 그래. 울었나?
세진	왜, 운 것 같나?
수진	울었네.
세진	아이다.
수진	아니긴.

선영 옷 갈아입은 모습으로 나온다.

선영	세진이 왔나.
세진	언니 보톡스 한다고.
선영	어머머머. 얘 좀 봐. 얼굴이 반쪽이 됐네.
세진	언니 앙다물어봐.

선영 세진에게 얼굴 맡기고 어금니 문다.

세진	(선영 얼굴 만져보며) 언니 하면 효과 많겠다.
선영	나 쌍꺼풀도 하고 싶은데.

세진	왜 있는데.
선영	이거 중학교 때 한 거라 속눈썹 자꾸 찔러서 다시 해야 돼.
수진	난 코.
세진	주미는 이번에 한다는데.
수진·선영	코?
선영	통화할 때 그런 얘기 없던데.
세진	언니 주미랑 언제 통화했는데.
선영	어제. 내가 소개팅 시켜줬거든.
수진	들었어.
세진	거기 펜션 가자는 거지?
수진	춘천?
선영	응.
수진	서로 마음에 들었나 보다.
선영	주미 얘기하는 거론 아니던데.
세진	아닐걸. 주미 요즘 많이 외로웠을걸.
수진	반지 했네. 커플링인데?
선영	아니야.
수진	(반지 달라고 손 내민다) 아니긴 맞는데.
선영	(반지 빼서 주며) 그냥 꼈어.
수진	너 누구 만나는구나. 세진이 커플링이랑 비슷하네. 야 너 반지 봐봐.

세진 반지 없는 빈손 흔들어 보인다.

수진　　너 반지 어쨌어?

세진　　그냥 뺐어.

수진　　그냥 끼고 그냥 빼고. (자기 손가락에 선영 반지 끼며) 난
　　　　그냥 모른 척하면 되는 거네.

선영　　알면 다쳐.

수진　　(반지 빼서 선영이에게 주며) 야 너 반지 부록으로 껴서
　　　　선영이한테 영민이 넘겼냐?

세진　　선영 언니한테 욕먹을 일 있어.

수진　　왜?

선영　　난 걔 괜찮던데.

세진　　그 새낀 경찰서에 넘겨야 돼.

세진 들어간다.

수진　　남녀 사이가 그렇지 뭐. 두 사람만 아는 거래잖냐.

선영　　과연 두 사람은 알까.

수진　　그러게.

선영　　야, 너 진우 오빠한테 또 전화 왔어?

수진　　안 받았어. 한국에 왔는데 보자고 하더라. 그렇잖아,
　　　　나한테 뭔가 기대하는 거보다 기대고 싶은 거 같아.
　　　　술이 많이 취했더라. 이혼한다고 그런 전화 안 했으

면 봤겠지? 그냥- 반가움을 가장해서 볼 수도 있는 거잖아. 전화 받으면 만나겠다고 하기도 그렇고 싫다고 하긴 더 그렇고. 그냥 안 받았어. 그 사람 없으면 죽을 것 같았는데- 이렇게 살아가잖아. 겁나. 내 인생에 그 사람이 다시 들어오는 거.

선영　… 그래.

수진　나 뉴욕 갔을 때 그 사람 나보고 엄청 울었다. 보자마자 막 울더라. 원래 눈물이 많은 사람이 아닌데. 나도 눈물이 막 흐르더라고. 나한테 미안하다 그런 소리 안 했어. 그날 밤새도록 울고 이모 집에 있다가 그냥 나왔어. 그때 생각이 나서 전화 피하게 돼. 왜 이혼하게 됐는지 모르지만 네가 작용을 했다 그렇게 들려서 싫어. 생각에서 멀리 두고 싶어. 겨우 그렇게 됐는데. 그냥 가끔 소식이 궁금할 정도로 겨우 버텨냈는데 다시 흔들리고 싶지 않다 야. 그래서 나 그 사람 부인 입장 생각한다.

선영　….

수진　… 야, 나 괜찮아.

선영　수진아.

수진　어-

선영　… 나 있잖아.

세진　(밖에서) 언니 여기 보일러 좀 올리도.

수진　(세진에게) 어-.

수진 보일러 켜러 나간다. 선영 명수 연락을 확인하려 전화를
확인한다.

그러는 사이 수진 들어와 움츠린 어깨에 선영을 본다.

수진 야, 우리 결혼이나 할까?

선영 그럴까? 그러자 아무나 하나 골라서.

수진 아무나 하면 안 되지. 어느 정도 수준은 맞춰야지.
       수현.

선영 수현?

수진 김수현.

선영 별 그대 도민준?

수진 나 카페 회원이다.

선영 정말?

수진 세진이한텐 비밀이다. 내 마음의 도둑.

선영 팬카페 이름이 내 마음의 도둑이야?

수진 나 우수 회원이다. 다 털렸어.

선영 너무 연하다.

수진 아니야. 수현 카리스마 있어. 연하지 않아.

선영 너무 어리다고. 야 너 결혼한다고 생각해봐. 예식장
       들어가면서 신부가 너무 나이 들어 보이고 싫다 야.

수진 식 안 올리고 그냥 살면 안 되나.

선영 처제보다 어린 남편. 부담스럽지 않아?

수진 전혀.

선영	부럽다 그 정신.
수진	서로 사랑하는데 나이 차이야 뭐.
선영	너 그러다가 수현이 엄마가 반대하면.
수진	아냐. 우리 수현이 고집 있어. 엄마가 반대한다고 꺾이고 그럴 사람 아니야.
선영	어 그래-
수진	너 혹시 질투하냐?
선영	질투 나 미치겠다. 왜 너, 그 연하가 너 좋아하잖아.
수진	누구, 연출 병태?
선영	그래.
수진	야, 어린애야.
선영	얘 이거 사람 차별하는 거 봐
수진	병태랑 결혼하느니 차라리 명수랑 하겠다.
선영	왜. 뭐야? 결혼 상대의 기준이.
수진	수현이는 안기고 싶은 사람이고 명수는 안아줘야 하는 사람이고. 병태 걔는 업어줘야 하는 남자고. 명수랑 결혼하면 너무 힘들 거야.
선영	왜?
수진	술. 중학교 때 별명이 활명수였는데 고등학교 때부터는 술명수였다잖아.
선영	어이구.
수진	어떻게 보면 명수 별거, 직접적 원인도 술이었잖아. 예술. 지금은 월급쟁이 됐지만.

선영	… 왜. 지금은 잘 살잖아.
수진	명수. 애인 생긴 것 같아.
선영	에이.
수진	아냐, 저번에 술 취해서 사랑하는 사람이 생겼다 그랬어.
선영	그래?
수진	내 생각에는 별거 중일 때 만난 것 같아.
선영	수진아.
수진	어?
선영	… 아냐.
수진	뭐. 뭔데?
선영	아니야-. 사랑하는 사람이 생겼는데 다시 합치겠냐.
수진	명수 처 별거하고 나서 몸 안 좋아졌잖아. 명수 성격에 자기 탓이다 싶었겠지. 아 사랑이 뭘까. 선영아 넌 유부남 사랑할 수 있을 거 같아?
선영	진우 오빠?
수진	….
선영	결혼한 사람을 사랑하게 된다면 뭐 어쩔 수 없는 일일지 모르지만 너무 힘들 것 같아. 너무너무.
수진	….
선영	그래서 이번 네 작품에서 사랑은 뭐야.
수진	오월동주.
선영	원수와 한배를 탔다. 적과 동침이네.

수진	젓갈과 동치미.
선영	그거 좋다. 그걸로 제목 해.
수진	젓갈과 동치미?
세진	(밖에서) 언니, 수건 좀 갖다줘.
수진	김장과 스테이크라고 그러지 왜.
선영	묻지 못한 김장독 어때?
수진	요즘 누가 그걸 파고 앉았냐.

수진 수건 주러 나간 사이 선영 전화기에 메시지 수신음. 선영 명수 연락을 기대하고 전화기를 확인하지만 다른 메시지다. 망설이다 명수에게 전화를 한다. 전화를 받지 않는 명수의 휴대전화기. 세진 양팔 엇갈려 가린 채 모습 보인다, 수진 뒤따라 나온다.

수진	이리 와보라 했다.
세진	나 피곤하다. 잘 거다.
수진	(세진이 가린 팔을 치운다) 뭐야 이거 왜 그래?
세진	뭐.
수진	(세진 팔을 잡고) 선영아 이거 멍이지?
선영	너 무슨 일 있었니?
세진	아니요, 아무것도 아니에요.
수진	아무것도 아니긴 뭐가 아무것도 아니야.
세진	진짜 다들 나한테 왜 이러는데.

수진   내가 너한테 뭘?

세진 수진 피해 들어간다. 수진 따라 나간다.

수진   너 어제 영민이 만났지. 전화해. 영민이한테 전화해
         빨리.

덩그러니 남은 선영. 어두워진다.

– 술집 Bar.

양주병과 잔이 놓인 바 테이블에 나란히 앉은 주미와 응덕.
응덕 시선이 주미에게 꽂혀있다.

주미   왜요?
응덕   네?
주미   왜 그렇게 봐요.
응덕   제가요?
주미   네. 주미 부끄럽게 왜 그렇게 봐요.
응덕   제가 그랬어요?
주미   그만 봐요.
응덕   네.
주미   그만 봐요, 진짜.

응덕	아, 예.
주미	(응덕 잔에 술을 따른다) 대리운전 부르실 거예요?
응덕	네 그래야죠. (잔에 술이 넘친다) 그만.
주미	저 궁금한 거 있는데 물어봐도 돼요?
응덕	네, 뭐든지.
주미	콧수염 왜 길러요?
응덕	면도하고 올까요.
주미	아니요. 아깝잖아요.
응덕	홍천에서 농기계 수리하시는 저희 작은 삼촌이 타이거즈 해태 시절 때부터 열성 팬이었거든요.
주미	저도 야구 좋아하는데.
응덕	혹시 옛날 해태 타이거즈 선수 중에 김봉연 선수라고 아시나.
주미	아- 김봉연?
응덕	김봉연 선수라고 3할대 치는 타자 있었는데 그 선생님이 수염을 길렀었거든요.
주미	아-.
응덕	그 당시 저희 작은 삼촌이 합기도 도장을 했었는데 김봉연 선수 영향으로 삼촌이 수염을 길렀거든요.
주미	아-.
응덕	네. 제가 그 삼촌을 엄청나게 좋아해서.
주미	그래서-.
응덕	네, 수염 나면 꼭 한번 길러 봐야지 했었는데 근데

지금은 없으면 어색하네요 제가.

주미   잘 어울려요.

응덕   감사합니다. 김봉연 선수가 프로 원년 82년, 83년, 그리고 86년이 최고의 해였거든요.

주미   (잔에 술 따라 마시며) 아.

응덕   그런데 87년에는 쇠퇴기에 접어들거든요.

주미   어머.

응덕   그러면서 88년에 선수 생활을 그만두죠.

주미   (잔에 술 따라 마시며) 어머 어떡해.

응덕   아니 통산 670경기에 출마해서 2할 7푼 8리의 타율

주미   출마요?

응덕   죄송합니다. 출전요. 출전해서 2할 7푼 8리의 타율, 110개의 홈런. 334점의 타점을 올렸던 그런 대단한 선수거든요. 그 선생님이 타석에만 들어섰다 하면요.

주미 잔에 술 채워 마신다.

응덕   아, 죄송합니다. 제 얘기가 너무 길었나 보네요.

주미   야구 참 좋아하시나 봐요.

응덕   네.

주미   얼굴이 야구공 닮았어요. 장인이 한 땀 한 땀 만든.

응덕   감사합니다.

주미   저 야구장 가는 것도 좋아하는데. 저 카메라에 잡혀

서 TV에 나온 적도 있어요.

응덕 그런데 카메라는 2만 5천 관중 중에 제일 예쁜 여자
만 잡잖아요.

주미 거기 춘천 펜션요. 정말 떼거리로 가도 돼요?

응덕 그럼요.

주미 많은데.

응덕 정말 괜찮아요. 오시면 무조건 환영이에요.

주미 오빠가 직접 운영하시는 거예요?

응덕 예, 직접. 오빠가-. 근데 원래 집이 서울인가?

주미 왜요.

응덕 아니, 억양.

주미 아셨어요? 저 대구인데. 왜 웃으세요?

응덕 대구 사투리 쓰는 여자 귀엽잖아.

주미 대구 사투리 억씬데.

응덕 아니 귀엽네 정말.

주미 그만 봐요.

응덕 ….

주미 아유 그만 봐요 진짜. 오빠 선수죠?

응덕 보는 것만 좋아하는데.

주미 네?

응덕 야구-.

주미 내 말 무슨 말인지 몰라요. 운동선수 아니고, 여자 꼬
시는 선수.

응덕 아, 아니야. 여자. 그런 건 내 친구가 전문이지.

주미 지환 씨?

응덕 응?

주미 우리 소개해준 사람.

응덕 어.

주미 그럼 오빠 뭐예요?

응덕 오빠 주미 팬이지. 이번 공연도 기대할게. 소녀로 나
온다 그랬나?

주미 꼭 보러 오세요.

두 사람 잔 부딪히는데 테이블 위에 올려둔 응덕의 차 키가 주
미 손에 쓸려 떨어진다.

주미 어머.

차 키를 주우려 테이블 아래로 고개 숙이는 두 사람. 머리가
부딪친다.
그렇게 안 맞는 타이밍인지 맞는 타이밍인지 두어 번 더 머리
를 부딪치는 두 사람.
응덕 손을 들어 주미 머리를 막고 차 키를 주우려 고개를 숙
인다.
민망함에 술잔을 비우는 주미. 잠시, 테이블 아래 응덕이 고개
를 든다.

46

응덕　주미 발이 이쁘네.

주미　더워서 잠깐 벗었어요. 아, 취했나 보다.

응덕　아 떼다. 그런데 선영이 누나하고는 친해?

주미　선영이 언니도 알아요?

응덕　응.

주미　아, 알겠구나. 지환 씨 통해서.

응덕　그래-. 지환이가, 여자애들한테 인기가 많아서 그렇지 한 여자만 좋아하거든.

주미의 고개가 테이블 위로 떨어진다.

응덕　그 한 여자가 선영이 누난데-. (주미 모습을 발견하고는 우왕좌왕 당황해한다) 주미야, 주미야. 괜찮아? 오빠가 집에 바래다줄게. 주미야 집이 어디야? 응? 집이 어디야? 주미야. 어디 이 근처에서 좀 쉬었다 갈래?

주미　(천천히 고개가 들린다) 왜요?

응덕　응?

주미　왜 쉬었다 가요?

응덕　그러게.

주미　내가 그렇게 만만해 보여?

응덕　아니 안 일어나셨잖아요.

주미　왜 쉬었다 가야 하는지 이유 세 가지만 얘기해 봐.

응덕　세 가지?

주미	세 가지.
응덕	세 가지. 첫 번째는 너무 취해서 집을 모르는 거 같고.
주미	나 집 어딘지 알거든.
응덕	어딘데?
주미	(테이블로 엎드리며) 두 번째.
응덕	두 번째는 네가 취해서 힘드니까 오빠가 편하게 모셨으면 좋겠고.
주미	치-.
응덕	집이 어딘지 모르니까.
주미	(고개 들며) 집 어딘지 안다니까.
응덕	어딘데?
주미	세 번째.
응덕	세 번째? 세 번째는. 주미야 자니?
주미	응-.
응덕	(엎드려 있는 주미를 잠시 바라본다) 세 번째는 나도 내가 왜 그런지 잘 모르겠는데 너를 처음 본 순간 달 토끼 방아 찍는 소리가 여기서 들려서 내 심장이 여기 있다는 걸 알았고, 너와 처음 헤어지던 날, 네 엘라스틴 샴푸 향기 냄새가 내 머릿속을 떠나지 않았어. 내 눈 앞에 없어도 나한테 머무는 그런 너를 꼭 지켜주고 싶어. 오빠 정말 그럴 자신 있거든. 그렇게 할 수만 있다면. 그럴 수만 있다면 언제까지나 변함없이 영원히.

주미   (일어나 가방을 든다) 나 집에 갈래요.

비틀 몸이 기울더니 응덕에게 쓰러지며 안기는 주미. 응덕 절
규한다.

응덕   주미야. 주미야.

화관 쓴 소녀(수진) 모습 보인다.

소녀   참 반가우시면서도 두려운 손님이 오시었습니다.
이리로 길이 나아있는지 나도 몰랐던 그 길로 오시
었습니다.
오신 걸음걸음이 길을 찾아오시었는지 오신 걸음걸
음이 길이 되었는지
나 알지 못하나. 참 반가우시면서도 두려운 손님이
오시었습니다.
희미한 예고도 없이 오신 손님 앞에 차려진
그 술상 위 첫 잔이 어쩌나 단지 자꾸만 술잔을 비우
고 맙니다.
반가우시게 오신 손님이 날 울게 할지도 모르는 일
이라
손바닥만 한 두려움이 있지만
분명히 아는 것은 첫 잔의 달콤함에 술잔은 비워지고

비워진 술잔을 외면할 수 없음에 그렇게 채워져
결국 만취되어 두려움은 잊을 것이라는 겁니다.

소녀 두 사람 앞에 놓인 술잔 비우며 어두워진다.

– 선영 집

어깨에 수건을 걸친 샤워 마친 지환. 선영이 남겨둔 쪽지를 보
고 있다.
밖에서 전화 통화하는 선영의 소리. 지환 보고 있던 쪽지를 있
었던 자리에 놓는다.

선영   (소리) 여보세요 어, 난데. 내가 지금 전화 받을 손이
없거든. 그래. 내가 나중에 전화할게. 알았다.

선영. 물건 담긴 마트 봉투 들고 모습 보인다.

선영   계속 잤어?
지환   아니, 잠들었었나 봐요. 어디 갔다 와요?
선영   (나가며) 마트.
지환   안 피곤해요?
선영   샤워했어?
지환   수건 그냥 걸려있는 거 썼어요.

선영	(마트 봉투 안에 두고 나온다) 칫솔은?
지환	칫솔도 꽂혀있는 거 중에 하나 썼는데.
선영	무슨 색?
지환	몰라요. 파란색?
선영	쪽지 못 봤니?
지환	나 어렸을 때 쪽지 시험은 잘 봤었는데.
선영	안 늦어. 두 시까지 가야 한다며.
지환	가야죠. 오늘 뭐 해요. 일 있나?
선영	아니.
지환	아- 오늘 하루 진짜 쉬고 싶다. 못 간다고 전화할까. 아프다고.
선영	그래도 돼?
지환	사람이 아프다는데.
선영	그래도.
지환	오늘 수업 하나밖에 없어서 그래요. 나중에 보강해 주죠. 뭐.
선영	야. 신지환이가 인기가 많긴 많은가 보네.
지환	학원 탑이라니까요.
선영	펑크 내고 그러면 수강생 떨어져. 좋은 자리에 있을 때 감사하게 생각하고 잘해.
지환	하루 더 같이 있을까 해서 그러죠.
선영	너 사귀는 사람 있다며.
지환	사귄다고 할 거까지야 있나. 학원에 전화한다.

선영	가 그냥. 남자가 자기 일에 충실해야지.
지환	그럼요 충실해야지. 끝나고 볼까? 왔다 갔다 네 시간 이면 충분한데. 어떻게. 끝나고 전화해 봐요?
선영	글쎄.
지환	나 지금 만나는 사람 신경 안 써도 돼요.
선영	….
지환	주미씨 뭐래요. 웅덕이 마음에 든대요?
선영	응, 뭐 그냥. 웅덕씨는?
지환	새끼. 푹 빠졌죠. 펜션도 가기로 했다면서요?
선영	응. 다음 주 금요일.
지환	재밌겠다. (놓아두었던 쪽지를 보고는) 아까 말했던 쪽지구나. 여기 뭐라고 썼는지 맞히면 이 쪽지 나 줄래요?
선영	뭐?
지환	(손바닥으로 쪽지를 덮는다) 음. 이응 자가 이쁘네. 치웆 자는 그림 같다. 아침에 일어나면 늦지 않게 나가라. 칫솔은 꺼내 논 거 있으니까 그거 써라. 어제 전화한 거-.
선영	봤구나.
지환	(쪽지 챙겨 넣는다) 어렸을 때 쪽지 시험은 진짜 잘 봤다 니까.
선영	너 늦겠다. 바래다줄게.
지환	아니요. 혼자 갈 수 있어요.
선영	혼자 가기 어려울걸.

지환   뭐-. 나가서-.

선영   가. 큰길까지만.

선영 나간다. 뒤따라 나가는 지환.

– 거리 (꿈의 궁전)

응덕 눈동자로 주변을 살피며 모습 보인다. 뒤돌아보면 얼굴을 가리고 들어오는 주미. 응덕 주미 모습 확인하고 앞서 걷다 다시 걸음을 멈추고 뒤돌아본다.

주미   자꾸 돌아보지 말고 앞서서 가요.

응덕   네?

응덕 다가서자 멀어지라는 주미의 다급한 손짓.

주미   동네란 말이에요.

응덕 일정 거리를 두고 선다.

주미   제가 공주예요?

응덕   네?

주미   집에 데려다준다고 했잖아요. 꿈의 궁전이 우리 집이냐고요?

응덕 그게 아니라 잠드셔서 집이 어딘 줄 물어봐도 안 일어나시더라고요.

주미 못 일어난 거예요. 빨리 가요.

응덕 (앞서 걷다 멈춰 선다) 그럼 해장이라도.

주미 (기가 차서는) 해장? 선지 드세요?

응덕 네.

주미 따라와요. 우리 동네 선지해장국 대박집 있어요.

주미 응덕 앞서서 나간다. 뒤따라 나가는 응덕.

– 선영 집.

명수 들어온다. 한쪽 어깨에 걸려있는 가방을 내려놓는데 지환 배웅한 선영 들어온다. 어색한 공기.

명수 밥은?

선영 할 얘기 있으면 해.

명수 전화기 꺼놨어?… 물이라도 한 잔 줘라.

선영 나간다. 명수 지환이 사용한 수건을 정리한다. 물잔을 들고 선영 수건 접고 있는 명수를 본다. 선영 물잔 내려놓고 수건을 집는데 명수가 선영의 손을 잡는다.

명수   미안해.

선영   (명수에게서 손을 뺀다) 뭐가?

명수   정말 사우나에서 잤어.

선영   알았어.

명수   정말이야.

선영   사우나에서 잤는지 집에서 잤는지 중요하지 않아. 나 때문에 그래.

명수   문자 보낸 거 진짜야?

선영   응.

명수   다른 남자랑 잤어?

선영   응.

명수   왜?

선영   불안해서. 내가 어떤 년인지 알고 싶어서… 그러지 않으면 내가 미칠 것 같아서.

명수   정말이구나.

선영   ….

명수 갈증을 느낀다. 물잔을 던진다.

명수   … 누군데?

선영   말하면 알아?

명수   뭐 하는 사람인데.

선영   영어학원 강사.

명수   무슨 강산지 얘기 안 해도 돼. 여기서 자고 갔어?

선영   왜 그래?

명수   왜 그래?

선영   왜 물어?

명수   뭘.

선영   네가 내 남편이라도 돼? 사우나에서 잤다고?

명수   어.

선영   전화는 왜 꺼놨어?

명수   밧데리 없었어.

선영   솔직히 말해도 돼. 나 아무 미련 없어.

명수   그런 넌?

선영   나 남자하고 있어서 꺼놨어.

명수   그냥 섹스파트너 바꿨나 보네.

선영   너한텐 내가 그랬나 보지 내가.

명수   … 난 질투하면 안 되는 거네?

선영   네 감정이야. 나한테 묻지 마.

명수   내가 어떻게 했으면 좋겠어?

선영   전화하지 마.

명수   정말 힘들다.

선영   각자 알아서 해결해.

명수 일어나 한쪽에 놓아둔 가방을 한쪽 어깨에 멘다.

선영   현관 번호 바꿀 거야. 카드키 주고 가.

명수 열쇠를 찾는다.

선영   너희 집 열쇠랑 헷갈리지 마.
명수   (현관 카드키를 침대에 툭 던진다) 여기서 했어?
선영   (침대 정리하는 선영) 응.
명수   내가 너한테 뭘 그렇게 잘못했어?
선영   잘못한 거 없어.
명수   그런데 왜 그래.
선영   더이상 이렇게 가기 힘들어.
명수   너만 힘든 거 아니야. 이렇게 힘들 거 알고 시작한 거잖아 우리.
선영   왜 집에 안 들어가고 사우나에서 잤어?
명수   접대 자리 끝나고 좀 취했는데 네 생각나더라. 너한테 미안한 생각이 들어서 집에 못 가겠더라.

선영 명수가 던진 물잔에서 바닥에 쏟아진 물을 지환이 사용한 수건으로 닦는다.

선영   … 말이 돼?
명수   선영아.
선영   나 당신 집에 가는 거 질투하지 않았어. 질투하지 못

57

했어. 집에 가면 처량 같이 시간 보내는 거 너무 당연하니까. 그건 질투하면 안 되는 거니까. 그냥 내 원망하면서 견뎠어. 근본적으로 내가 잘못하고 있는 거니까. 당신 처한테 내가 죽일 년이니까 내가 나쁜 년이니까. 내가 죄인이니까 이렇게 숨어서 사랑하는 거다.

살면서 자기 사랑할 수 있다면 죽어서 지옥에 가도 좋구 현생에 이렇게 당신 처한테 모르게 상처 준 거 다음 생에 죄업으로 받더라도 나 지금 당신 사랑만 할 수 있다면 달게 받겠다.

나 그렇게 생각했어. 근데 밤에 당신 어디 갔는지 뻔히 아는데 전화 통화 안 되고 신경 너무 쓰이더라. 나 아닌 다른 사람이랑 시간 보내는 건 똑같은데 뭔가 싫었어. 근데 알겠더라. 당신. 나. 둘만 있던 시간. 그건 전부 착각이었어.

명수   … 착각이라도 지금은 말자.

선영   나 당신 가정 깨고 싶지 않아 정말로. 난 당신이 행복했으면 좋겠구. 나 내가 누군가한테 상처 주고 있으면서 상처받기 싫어하는 내가 너무 싫어. 무섭고 징그러워.

명수   미안해. 그래 내가 다 미안해. 너한테 오고 싶었어. 그런데.

선영   전화는 할 수 있잖아.

명수	전화해서 뭐라 그래. 지금 자리 끝났다. 이제 집으로 들어간다. 그렇게 말해. 너무나 너한테 가고 싶은데 집으로 간다. 그렇게 말하냐.
선영	집에는 전화해 줬어?
명수	… 응.
선영	집에선 별일 없었어?

올라오는 한숨을 참는 명수. 현실이 몰려온다.

선영	좀 누워.
명수	… 여기서 자고 갔어?
선영	새벽에 왔다가 갔어.
명수	전에도 여기 왔었어?
선영	이사할 때 도와줘서 집은 알고 있었어. 못 오게 할 거야.
명수	이사할 때.

명수 선영을 데리고 침대로 간다. 명수를 거부하던 선영 몸을 맡긴다.
선영에게서 떨어지는 명수. 올라오는 한숨이 바닥으로 밀려 간다.

선영	미안해.

명수   미안하긴 네가 뭐가 미안해.

선영   그러고 나면 보고 싶어도 못 볼 줄 알았어.

명수   얼굴이 이게 뭐야.

선영   ….

명수   회사 사람들 낚시 취소됐어. 춘천으로 간다 그랬나?

선영   미안해.

명수   우리 처음 손잡은 데가 거기였는데 춘천. 너 그때 물에 빠졌다가 속옷 비춰서 내가 바지 벗어주고 그랬잖아. 난 빤스만 입고 주차장까지 달려가고

선영   그때 소설 계속 쓰고 싶다고 그랬는데. 사표 던지고 섬에 들어갈 거라고.

명수   … 그때 너 울었었는데.

선영   엄마 얘기하다 그랬지 뭐. 처음 손잡은 거잖아 그때.

명수   울지 않으려고 애쓰는 네 모습이 참.

선영   참, 뭐?

명수   못생겨 보이기도 하고 참 예뻐 보이기도 하고, 전에 알았던 네 모습에 다른 너를 보는 거 같기도 하고 내가 복잡하고 그랬어.

선영   손이 손등에 이렇게 포개지는데 이 남자 사랑하고 싶다. 멀리서 몰래라도 사랑하고 싶다. 그런 생각이 들더라. 그때 손만 안 잡았어도 지금 그냥 좋은 친구였을 텐데.

명수   네가 울어서 그랬지.

선영 엄마 얘기 물었잖아.

명수 그때 춘천 갔을 때 왜 둘만 있었지. 다른 사람들은 다 잤나.

선영 몰라. 양말 다 젖었잖아.

화관을 든 소녀(수진) 보인다.

소녀 마주하고 있으면 둘 만일 수 있고.
마주하고 있어도 둘 만일 순 없는.
등을 보이는 사람의 마음과
등을 보고 있는 사람의 마음.
서로가 서로의 마음을 읽을 때.
아픔이 저리도록 사무쳐 옵니다.
그 사람의 빨래가 한 세탁기 안에 같이 섞여 돌 수 없음에
가슴으로 한참을 운 소녀에게 찾아온 사랑은
쓸 수 없는 일기일 뿐입니다.
봄이라 꽃들의 만개에 세상은 들떠 웃는데
소녀의 꽃은 숨어서 홀로 집니다.

어두워진다.

– 병태 집 혹은 수진 집

테이블 키보드 자판 앞에 병태. 머그잔에 담긴 커피.

병태　　네, 소녀 이상해요.

수진 티백 담긴 머그잔 들고 모습 보인다.

수진　　어떻게?

병태　　아니 해설자도 아니고 극하고 만나지지도 않고.

수진　　내용상으로-. 아니 정서적으로도 연결이 안 돼?

병태　　굳이 있어야 하는 이유는 뭔데요.

수진　　빼 그럼.

병태　　… 배우를 한 명 더 써요? 제작비도 없는데.

수진　　주미가 하면 괜찮을 것 같은데.

병태　　주미는 어려워요. 걔가 어딜 봐서 소녀 같아요.

수진　　주미한테 벌써 얘기했는데.

병태　　….

수진　　연습 때 움직여 보고 이상하면 그때 없애도 되잖아.

병태　　관객들이 뭔가 해서 계속 신경 쓰일 것 같은데.

수진　　그러니까 화관을 씌우자니까.

병태　　… 화관. 그거 갖곤 어려운데.

수진　　(손 모아 공손하게 병태를 가리킨다) 연출 선생님이 알아서 해 그럼.

병태　　화관-.

수진	야, 너 영민이 번호 있지.
병태	예?
수진	영민이 전화번호 좀 줘봐.
병태	영민이요. 세진 때문에요?
수진	너 뭐 알아?
병태	그냥 놔두세요. 두 사람 문젠데.
수진	번호 줘봐. 물어볼 게 있어서 그래.
병태	그냥 모른 척해요. 영민이도 많이 맞았어요.
수진	(놀란다) 둘이 치고받고 싸웠니?
병태	치고받고는 아니고 밀고 당기고는 했겠죠.
수진	세진이 팔을 네가 못 봐서 그래. 양팔이 시퍼렇게 멍이 들어 왔어.
병태	진정시킨다고 팔 세게 잡긴 잡았데요.
수진	그러니까 얼마나 세게 잡으면 그렇게 멍이 드나 좀 물어보게.
병태	영민이 지금 목 있는데 완전히 긁혀서 개 집에도 못 들어가요. 지네 엄마 보면 난리 난다고.
수진	둘 다 똑같다. 왜들 그런데니 동네 창피하게.
병태	사랑싸움이죠. 뭐.
수진	그게 사랑싸움이니 폭력이지. 너 그게 사랑싸움이라고 생각해?
병태	폭력이죠.
수진	술 먹고 전화하는 것도 폭력이야 알아. 너 다른 여자

한테 그렇게 하면 백이면 백 다 싫어해. 할 얘기 있
으면 맨정신으로 해.

병태   맨정신으로요?

수진   그래.

병태   수진아.

수진   뭐?

병태   최수진. 너 내 눈 봐.

수진   (병태 눈앞에 얼굴 들이밀며) 자-.

병태   난 정말 너를-. 아니에요. 됐어요. (빈 커피 채우러 일어서
며) 소녀 독백 말고 소년 독백도 있었으면 좋겠네요.

수진   … 뭐?

병태   춘천 가는 거 모레죠?

수진   소년이 뭐.

병태   날씨나 좋았으면 좋겠다.

병태 주방으로 향하다 돌아서면 화관 쓴 소년이 된다. 수진의
시간이 멈춘다.

소년   어! 아! 오! 어 여쁘십니다. 아 아름답네요. 오직 보
고 싶음이…
바람이 만든 물비늘에 실려 구름에 숨어
실눈 뜬 달빛 아래 들키지 않고
총총한 별들 몰래 나 당신에게로 갑니다.

숨이 멎을 것 같은 당신의 얼굴, 당신의 어깨, 당신의 손목,

당신의 발등. 내 전부를 가득히 채우기에 난 막힌 숨을 몰아

쉴 수밖에 없습니다… 술잔에 침몰한 내 입술을 용서하세요.

수진에게 입 맞추려는 소년. 후드득 떨어지는 빗소리. 어두워진다.

일기예보 빗줄기가 가늘어졌다 굵어지기를 반복하고 있습니다. 야외 활동 계획 있으시다면 우산 꼭 챙기셔야겠는데요. 특히 내일은 서울, 경기와 강원도 등 중북부 지방에 최고 100mm의 많은 비가 내리겠고 호우 특보가 내려질 가능성도 있겠습니다. 비 피해 없도록 주의하셔야겠습니다. 지금까지 기상청 제공 날씨 정보 안혜경이었습니다.

– 춘천, 냇가

족대와 양동이를 든 응덕. 주미를 부른다. 주미 모습 보인다.

응덕 주미씨 주미씨. 고기 잡으러 가요.

주미 어머 물이 너무 불었다.

응덕 주미씨. 이리 와요.

주미 신발 벗어들고 냇가로 들어선다. 응덕 주미 손을 잡고 냇가 멀리 향하며 나간다. 장대 우산을 든 세진. 수진, 선영 나온다. 뒤이어 손수건을 스카프처럼 목에 두른 영민 병태 모습 보이고 여자들과 떨어져 자리한다. 수진 계속해서 영민을 노려본다.

선영 고만해.

수진 병태 쟤. 영민이 데리고 오지 말라니까.

영민 (수진에 시선을 피하며) 안 온다 그랬잖아.

병태 있어 봐.

병태 세진에게 다가서서는 영민 변호를 시도한다.

선영 (주미 응덕 나간 방향을 보며) 조심해-. 쟤들 내일 뉴스 나오는 거 아니야? (냇가로 설정된 무대를 보고) 근데 냇물이 좀 웃기게 흐르지 않아?

수진 좀 섭섭해 보여도 이게 아주 거칠게 흐르는 거야.

선영 거칠게-.

수진 비 오니까 물이 많이 불었잖아. 거칠게 물 흐르는 소리 안 들려?

선영	…?
수진	(화제 돌리며) 음악 들을까? 병태야. 차 키 가지고 있어?
병태	꽂혀있는데요.
수진	와 봐.

나가는 수진 뒤따라 들어가는 병태. 영민 냇가에 발 담근 세진
앞으로 조약돌 던져 보지만 세진 외면한다. 음악 소리 들린다.

선영	좋다-.

수진 들어와 휴대전화 들며 선영에게.

수진	선영아. 사진 한 장 찍자. 하나 둘 셋. 찰칵. 세진아. 너도 한 장 찍자.
세진	(얼굴 가린다) 안 찍어.
수진	알았어. 너 안 찍어.

세진 얼굴 가린 손 내리는데 그 모습 찍는 수진. 영민 수진과
얼굴 마주친다.
손 모양 브이 포즈 만드는 영민. 수진 외면한다.

수진	(주미 응덕 나간 곳으로 들어가며) 잡았어?
선영	잡았어-?

주미	(밖에서) 잡을 거야.
세진	그렇게 몰아서 되냐.

세진 냇가로 들어서 주미 응덕 있는 곳으로 향한다. 세진에게 다가서는 영민.

영민	미안해.

세진 영민을 외면하고 나간다. 영민 뒤따라 나간다.

수진	(병태 나가 있는 곳을 향해) 소리 좀 키워 줘-.

수진 객석 향해 사진 찍는다. 주미 흥분해서 응덕과 같이 들어온다.

주미	잡았어. 잡았어.
수진	잡았어? 그거 한 장 찍자.

사진 찍으려 물고기 드는데 국물 멸치 크기의 물고기.
다시 냇가 멀리 나가는 주미 응덕.

응덕	오늘 매운탕 기대하세요.
수진	(수진 주미 응덕 따라 나가며) 그거 놔주자.

앞치마 한 명수 모습 보인다. 선영 옆으로 앉는 명수.

명수 잡았어?

선영 카레 그냥 먹어야 할 것 같은데. 어, 여기 물 있어.

명수 (물 피해 옮겨 앉는다) 매운탕 준비 다 해 놨는데.

선영 볼에 입 맞추는 명수

선영 미쳤어.

수진 들어온다.

수진 (카메라 들이대고) 명수야, 선영아 한 장 찍자. 여기 봐.

선영 자기가 좀 앞으로 가.

명수 ….

수진 자기 좋아하시네. 빨랑 서 봐.

선영 명수 사진 찍는 수진 병태 들어온다.

병태 (명수. 선영 사진보고) 와. 둘이 이쁘다. 누나 저도 한 장 찍어주세요.

병태 사진 찍는 수진.

선영   둘이 한번 서봐. 내가 찍어줄게.

수진에게 전화기 받아 수진 병태 사진 찍는 선영. 수진을 뒤에서 안는 병태.

명수   서봐. 내가 셋 찍어줄게.

세 사람 사진 찍는 명수. 세진 들고 있던 우산으로 바닥 짚으며 조심스럽게 들어온다.

선영   세진아. 너도 한 장 찍자. 앞으로 좀 와

세진 앞으로 다가서다 물살에 넘어진다. 세진의 이름을 외치며 첨벙첨벙 물 위를 달려 들어오는 영민.

영민   세진아-. 내가 갈게-.

영민 세진을 도우려다 자신이 미끄러져 넘어진다. 그러는 사이 세진은 몸을 일으키고 영민은 무릎 정도의 물속에서 허우적댄다.

영민   사람 살려. 사람 살려.

세진 영민에게 우산을 내민다. 세진 도움으로 겨우 몸을 일으키는 영민.
우산을 세진 머리 위로 펼친다.

영민　　비 맞잖아.

천둥소리와 함께 어두워진다.

– 춘천. 펜션.

정전으로 인해 어두운 거실. 세워둔 비상용 손전등 몇 개. 양초로 불 밝히고 있다.
술병들과 간단한 안주들이 펼쳐있고 영민 모습만 보이지 않는다. 병태의 이야기에 집중하고 있는 사람들. 응덕은 수건을 두르고 있다.

병태　　그날도 오늘처럼 정전이었던 날이었어요. 피아노 위에 올려놓는 거울 있잖아요. 지휘자 보려고 양면으로 돼서 돌아가는 거. 그거하고 식칼하고 초 들고 밖으로 나간 거야.

수진　　하여튼 쟨 이상한 것만 해.

병태　　정확하게 딱 열두 시 되더라. 초 켜고 칼 물고 거울 보고 앉았어.

주미　봤어, 미래 부인?

병태　봤지.

명수　몇 살 때?

영민 손전등 들고 들어온다.

병태　언제지 일학년 때지? 맞아요, 영민이 재 군대 가기 전이니까요.

영민　다른 데도 다 정전인데요.

주미　누군지 봤어?

병태　끝까지는 못 봤지.

주미　뭐야.

병태　거울 보고 앉았는데 처음에는 그냥 괜찮았거든. 근데 시간이 좀 흐르니까. 거울 안에 있는 사람이 나 같지 않은 거야. 내가 시선을 빼도 거울 속에 갠 가만 있을 거 같은 거야. 그때부터 꼼짝을 못 하겠더라니까. 살이 떨려서. 그러고 좀 있었는데 갑자기 머리가 길어지면서 여기 턱선이 갸름해지고. 속눈썹 있지. 여기가 짙어지면서 이렇게 밑으로 퍼져. 이게 동시에 일어나더라고 소리로 표현하면 획-이야. 아, 얘기하니까 소름 돋는다. 깜짝 놀라서 비명 지르면서 뛰어 안으로 들어갔다니까.

명수　그래 알았어.

병태　진짜예요. 그때 같이 있던 사람들은 제 얘기 뻥 아닌 거 안다니까. 그때 내 얼굴 보고.

영민　병태 얘, 분신사바 그것도 살해요.

주미　나 그거 한번 해보고 싶은데.

세진　하지 마. 나 샤워해야 해.

명수　머리 감을 때 이렇게 숙이고 감으면 귀신이 같이 감는다잖아.

세진　오빠-.

명수　진짜야 (고개 뒤로 젖히며) 그래서 나 머리 감을 때 이러고 감아.

세진　무섭게 왜 그래.

명수　오빠랑 같이 씻을까.

천둥소리. 응덕 손전등 얼굴에 비춘다.

주미　(응덕 얼굴 보고) 아, 깜짝이야. 놀랐잖아요.

수진　너 때문에 더 놀랐어.

응덕　이건 실화데요. 이거 듣고 비밀 지켜주셔야 해요. 손님들 안 올지 모르니까.

세진　(귀 막으며) 나 안 들을래.

병태　들어보자.

응덕　여기 이 펜션 재작년에 지은 건데요. 짓고 얼마 안돼서 저 혼자 내려왔어요. 전기 공사 때문에. 근데 재작년에 수해 났었잖아요. 전기 공사 업자들한테 전화가 왔는데. 아, 여기 오다 다리 하나 건넜잖아요. 그게 넘쳐서 차가 못 들어온다는 거예요.

병태　차가?

응덕　네 차가. 저도 여기 고립된 거죠. 차에서 자려고 하니까 떨어지는 빗소리 때문에 그렇더라고요. 그래서 안으로 들어왔거든요. 근데 전기가 들어오기 전이잖아요. 그런데- 초인종이.

초인종 울린다. 초인종 소리에 놀라 비명 지르는 사람들. 실내 등 들어온다.

주미　누구 올 사람 있어?

응덕 일어선다.

수진　열지 마요.

응덕　잠그려고요.

초인종 울린다.

영민　형이 나가봐요.

명수　내가?

74

영민   형이 형이잖아요.

명수 출입문으로 나가다.

명수   누구세요?
지환   (밖에서) 응덕아-.
응덕   지환이 목소린데-. 못 온다 그랬는데.

명수 모습 보인다. 지환 들어온다.

명수   응덕씨 누가 오셨는데.
지환   안녕하세요. 환호로 환영해 주셔서 감사합니다.
응덕   (두르고 있던 수건 지환에게 던지며) 환영은 무슨.
지환   (수진에게) 안녕하세요.
수진   잘 지냈어요?
지환   (빗물 닦으며) 네, 공연 준비하신다면서요.
수진   네.
지환   꼭 보러 갈게요.
수진   고맙죠.
지환   (응덕 수건 주며) 근데 어째 두 사람 집들이 온 거 같다.
응덕   못 온다며?
지환   같이 출발 못 한다는 거였지. 왔잖아.
응덕   깜짝 놀랐잖아.

주미	여기 모르시죠? 이쪽은 요번 수진이 언니 작품 연출이시고.
병태	전병태입니다.
주미	여기는 수진이 언니 동생 내 친구 세진이.
세진	안녕하세요.
지환	선영 누나한테 얘기 자주 들었어요.
주미	세진이 남자친구 김영민.
영민	세진이 남자친구 김영민입니다.
주미	우리들 영원한 오라버니 소설가 이명수.
명수	소설은 무슨. (악수하며) 반가워요.
주미	본인이 직접 소개하시죠.
지환	네, 전 웅덕이 친구고요. 선영 누나하고는 예전부터 알았는데 제가 첫눈에 반해서 지금까지 쫓아다니고 있는 신지환이라고 합니다. 반갑습니다.
사람들	반갑습니다.
웅덕	여기요-. 자격증 없는 완전 사이비 강사예요.
세진	두 사람 소개팅 주선자신 거죠.
지환	저는 주동만 했고요. 주선은 선영이 누나가 했고요.

명수 휴대전화 진동음 울린다.

| 지환 | 저놈이 수진이 누나 공연 때 주미씨 보고 그냥 갔어요. |

세진	(명수에게) 오빠 전화.
수진	어딜 가?
세진	반했다고.
지환	(선영에게) 밥 먹었어요?
선영	응- 너는.

명수 전화기의 진동음이 멈춘다.

수진	오는데 힘들었죠? 비 많이 와서.
지환	다리 넘치겠던데.
응덕	야 지환아. 트렁크에서 술 좀 같이 빼자.
병태	응덕씨 저랑 같이 가요.
응덕	아니 괜찮은데.
병태	지금 오셨잖아요.
응덕	그래요 그럼.
영민	그래 병태야 네가 다녀와.

응덕, 병태 나간다. 주미 화장실 간다.

명수	무슨 학원 강사예요?
지환	영어학원 강사입니다.
명수	영어학원-. 학원이 어디 있어요?
지환	강남역 쪽이에요.

울리는 명수 전화벨. 전화기 들고 나가는 명수. 따라 나가는 선
영. 주미 나온다.

세진 화장실 비었어?

주미 응.

세진 안으로 들어간다.

영민 몇 번 출구에 있어요?

지환 ···.

영민 아저씨. 몇 번 출구에 있냐고요?

지환 6번 출구 쪽에 있어요.

영민 그러니까 기억난다. 10번 출구 뉴욕제과.

수진 주미야 우리 수박 먹자.

주미 아. 차에서 아직 안 뺐다.

수진 야. 빨리 차게 식혔어야지.

주미 (나가려다) 아. 우산 우산.

영민 (지환에게 과자 집어주며) 이거 하나 드세요

지환 (일어서며) 아, 제 우산 현관에 있는데.

주미 짐이 많은데-.

지환 같이 가시죠.

주미 고맙습니다.

지환. 수진 주미와 함께 나간다. 홀로 남은 영민. 세진 들어
온다.

영민   (냇가에서 넘어진 무릎 보며) 약 발랐어?

세진   한 번만 더 그래.

영민   안 그래.

세진   오빠 정말 아웃이야.

영민   잘할게.

세진   말로만.

영민   두고 봐.

세진   정말 마지막이야.

영민   잘할게.

세진, 영민 목에 감은 손수건 들쳐 보면 상처 가린 밴드. 영민,
세진에게 뽀뽀하려 고개 뽑는데 선영 들어온다.

영민   (세진에게) 엄마 손 파이 먹을래?

응덕과 병태가 술 상자. 장 본 물건 들고 들어와 주방 방향으
로 나간다.

병태   응덕씨 이렇게 깊은 곳까지 술은 직접 사 오세요 배
달시켜요?

응덕   사 올 때도 있고. 배달할 때도 있고요.

수진 주미 들어온다. 뒤로 수박을 든 지환.

수진   수박을 안 뺏잖아.

지환   (선영에게 수박 들어 보이며) 수박-.

응덕 주방에서 다시 나와 자리 앉는다. 명수 나온다. 지환과 마주친 명수.

지환   수박이요 형님.

명수   네.

지환 주방 쪽으로 나가고 수진 들어와 앉는다. 주미 모습 보이더니 손짓으로 세진을 부른다. 세진 영민에게 눈짓하며 주미를 따라 들어간다. 영민, 응덕에게 따라오라는 신호를 보낸다. 영민을 따라 나가는 응덕. 지환 들어온다.

명수   (수진 잔 채우며) 수진아 나 먼저 가봐야 할 것 같은데.

수진   왜.

명수   전화 왔는데. 집에 일이 좀 생겼어.

수진   뭐야 아직 생일상도 안 받았는데. 너 술도 했잖아.

지환   형님 가시기 그럴 텐데요. 다리 넘쳐서 저 올 때도 겨우 넘어왔었거든요.

수진 집에는 왜.

명수 집사람이 몸이 좀 안 좋대.

수진 어떡하냐.

명수 심각한 거 아니야 신경 쓰지 마.

응덕 들어온다.

지환 응덕아. 다리 건너는 거 말고 다른 길 없지?

응덕 없지 왜?

지환 집에 일 있어서 가셔야 한대.

응덕 어쩌죠. 다리 넘치면 못 나가는데.

지환 어쩌죠. 형님?

명수 뭐를요?.

어두워지며 생일 축하 노랫소리. 수진의 생일 케이크를 들고나
오는 사람들 손에 각자 준비한 선물이 들려있다. 수진이 생일
케이크에 촛불 끄자 밝아진다.

수진 케이크 같은 거 하지 말라니까.

병태 (실내등 키고 들어오며) 한 말씀 하시죠.

수진 음… (눈시울이 붉어진다) 너무- 고맙고. 너무- 좋고.

세진 취했어- 뭐가 그렇게 너무- 고맙고 너무- 좋고 그래?

수진 케이크 하지 말라고 해서 준비 안 한 줄 알았는데 준비해줘서 너무 고맙고.

병태 선영이 누나가 한 거예요.

수진 사실 섭섭할 뻔했어. 몰래 준비할 줄은 알았는데 이시간 되도록 아무것도 없어서.

선영 너무 좋은 건?

수진 잠시 제자리를 벗어나 있을 수 있어서 너무 좋고

병태 자기 자리에 제자리에요 제자리걸음에 제자리에요?

영민 아 따지지 좀 마.

수진 내가 말한 건 일탈을 얘기한 건데 제자리걸음에 제자리도 포함 시켜야겠다. 제자리를 벗어나는 일탈을 해봐야 고이지 않고, 썩지 않을 거 아니야. 그런데 제자리걸음에 제자리는….

주미 어렵다-.

수진 해서, 너무 고맙고, 너무 좋고. 이번 작품 잘 올라갔으면 좋겠고.

세진 (선물 건네며) 언니 생일 축하해.

영민 축하드려요.

명수 축하한다.

주미 (선물 건넨다) 언니 생일 축하해.

수진 고마워.

병태 소녀 혼자 독백하는 장면이나 어떻게 해 봐요.

수진 명수야 많이 이상하니?

명수 좋아-.

병태 형님 예의상 하는 얘기 말고요. 작품을 위해 솔직히
     얘기해주세요.

명수 솔직히 연출적으로 잘 만들면 좋을 것 같아.

병태 아 화관 갔곤 어려운데.

수진 대답이 뭐야. 야, 진실 게임 해.

주미 진실 게임? 그래 하자 하자. 언니 내가 불을 끄고
     올게.

     주민 나간다. 수진 촛불을 켠다. 어두워진다. 주미 들어온다.

영민 무슨 진실 게임이야.

병태 (초에 불을 켠다) 하자 진실 게임.

세진 또 한잔들 들어갔어. 술만 들어가면 진실 게임하면
     서 뭐가 또 궁금해?

주미 이 팀하고 진실 게임 하면 비밀 보장은 걱정 안 해도
     돼요.

지환 왜요?

주미 취해서 아무도 기억을 못 해.

응덕 그럼 노코멘트는 벌주예요?

병태 벌주죠.

영민 진짜 하게? 두세 명도 아니고 한 명씩 대답 들으려면
     시간 걸리고 재미없어.

병태   프리스타일. 전체한테 한꺼번에 물을 수 있고 한 사
       람 지목해서 물을 수도 있고.

주미   가장 솔직하게 대답한 사람이 다음 질문 할 수 있어.

수진   고 해. 나 먼저 명수하고 선영이.

명수   우리 둘?

수진   너희 솔직히 얘기해. 나 정말 궁금했어. 너희 둘-.

선영   수진아-.

수진   소녀 장면 진짜 이상해.

선영   … 대본만 봐서는 잘 모르겠어.

수진   명수.

명수   좀 뜬금없긴 해.

병태   그렇죠?

주미   질문자는 대답 안 해도 되는 거지?

지환   그러는 거 아닌가.

주미   오케이. 첫 경험 언제 누구예요?

병태   왜 네가 질문하냐.

주미   이번 건 특별히 센 게 없었잖아.

수진   이건 내가 정할래. 주미 너.

주미   첫 경험 언제 누구예요?

영민   누구?

주미   음-. 전체. 오빠 먼저.

명수   왜 내가 먼저야.

주미   질문자 마음이죠. 빨리요.

명수	군대 가서. 돈 주고.
주미	지환 씨는요?
지환	군대 가기 전에 돈 받고.
세진	어머.
주미	웬일.
영민	정말이요?
지환	아는 형들하고 잠깐 일 했었어요.
주미	진실 게임 제대로야.
영민	부럽다. 이거 드세요.
지환	(영민에게 안주 받으며) 감사합니다.
주미	수진 언니?
수진	난 첫 경험 없어.
명수	자랑이다.
수진	경험이 없었다는 게 아니라 내 첫 경험은 인정하기가 싫어.
주미	오케이. 인정.
수진	(바닥에서 울리는 명수 전화기 보고는) 명수야 전화 온다.

명수 전화기 가지고 나간다.

주미	다음은 웅덕 씨.
웅덕	(벌주 마시려 한다)
주미	안 돼요.

응덕	왜요.
주미	첫 질문부터 마시는 게 어떴어요.
응덕	전 그 사람한테 미안해서 싫어요.
주미	옛날 일인데 뭐 어때요.
응덕	옛날 여자 아니고 지금 만나는 여자란 말이에요.
주미	….

사람들 응덕 대답에 의미를 알고는 각자 한마디씩 한다. 서둘러 질문을 돌리는 주미.

주미	영민 오빠.
영민	… 하지 말자니까.
세진	나 알아. 괜찮으니까 얘기해.
영민	(벌주 들며) 나 그냥 벌주 마신다.
병태	세진이 너는?
주미	세진아 넌 그냥 벌주 마셔.
세진	얘기해도 돼.
영민	(벌주 마시고는) 소주 너무 많이 탔다.
주미	(세진에게) 그냥 벌주 마셔.
병태	그런 게 어딨어.
주미	질문자만 알면 되잖아.
병태	다른 사람은 모르잖아.
영민	그냥 벌주 마시게 해. (세진에 벌주 마시며) 나 흑기사.

병태   (버럭) 여봐 이게 무슨 진실 게임이야.

수진   (병태에게) 어우 시끄러-.

주미   지환 씨는 좀 충격적이다.

병태   응덕 씨가 더 충격적이다.

주미   지환 씨 인정. 지환 씨가 질문하세요.

지환   그럼-. 여기 지금 이 자리에 좋아하는 사람 있어요? 특별히 관심이 가거나.

응덕   (주미 보며 손든다) 나 있어.

지환   넌 됐어.

영민   (일어나 화장실로 나가며) 저도 있어요. 전 그 여자 정말 사랑해요.

세진   전 그 사람 때문에 정말 불안해요

병태   있는데, 제 마음을 너무 몰라 줘요.

주미   누군데? 오빠 난 안 돼.

병태   너 아니야 걱정하지 마.

병태 나간다. 명수 들어온다.

지환   (들어오는 명수 보고) 형님은요?

명수   뭐가요?

지환   이 자리에 좋아하는 사람 없으세요. 특별히 관심이 거나.

명수   … 없어요.

영민	(들어오며) 명수 형 좋아하는 사람은 집에 있죠. 유부남인데.
지환	아, 결혼하셨죠.
명수	네.
영민	(들어오며 취기에 명수를 안는다. 취기가 올라 있다) 명수형.
수진	난 있어.
세진	정말?
수진	이거 진실 게임이잖아. 있어- 아빠 냄새나.
세진	어?
수진	(자리에 기대 누우며) 목욕탕 스킨 냄새.
세진	병태 오빠?
수진	(중얼거리듯 던진다) 머리가 아방가르드 하다고.
세진	취했어-.
지환	(선영에게) 누나는요?
선영	나? 난 있어.
세진	정말?
주미	어머, 웬일이야.
세진	언니, 누군데?
지환	저도 있어요.
주미	뭐야. 어머 둘이 뭐 있지. 지환 씨 이 빗속에 여기 나타난 것도 그렇고. 질문 빨리 돌려 빨리.
병태	(들어오며) 응덕 씨 아까 술 가져온 거 어뒀어요?
응덕	냉장고에 없어요?

병태 채워 두려는데 안 보이네요.

응덕 그럼 같이 가요.

응덕 병태 나간다.

병태 (밖에서) 잠깐 불 좀 켤게요.

무대 밝아진다. 진실 게임 하려고 켜 둔 초를 끄는 영민과 세진의 눈이 마주친다.

영민 이 중에 바람피운 경험 있는 사람? 양다리. (손들며) 바람. 양다리.

명수 손든다.

영민 어 형. 그럼 형은요 결혼하기 전에요 결혼한 다음에요.

명수 결혼한 다음에.

주미 정말? 어 오빠 실망이에요.

영민 와 세다. 다음 질문자는 형이에요. 형 질문하세요.

명수 나?

영민 (세진에게) 넌 왜 안 드냐.

세진 하지 마.

영민 너도 들어야지.

주미   그만하지. 내일 아침은 뭐 먹을까. 귀찮으니까 라면 해 먹을까.

영민   너도 바람피웠었잖아.

주미   말은 똑바로 해. 바람피운 건 오빠지.

영민   그래서 난 듣고 있잖아… 아니 나는 그래요. 가슴속 깊이 그래요. 과거는 상관이 없어요. 나 만나기 전이니까. 그죠? 맞죠, 형님. 근데- 내가 물어봤잖아. 담수랑 일 있었는지 없었는지. 없었다며. 너는 없었다 그러고 병태하고 애들은 다 알고 있고 담수 그 인간이 너하고 잔 거 떠들고 다녔는데 나만 몰랐어. 나만. 그래서 나도 미연이하고 잤다.

세진 말없이 일어나 안으로 들어간다.

병태   (영민에게 가서는) 왜 그래? 미쳤어?

주저앉는 영민. 주미 세진을 끌고 나온다.

주미   미쳤어. 왜 네가 손목을 그으려 그래.

영민   (놀라 세진에게 다가선다) 세진아-.

세진과 마주 선 영민. 세진 영민의 뺨을 때린다.

세진 미안해. 미안하다고 너한테 죽도록 미안했어. (영민을 잡고 흔든다) 근데 나보고 어쩌라고 너 만나기 전에 일었던 일인데 나보고 어떻게 하라고. 시간을 돌려? 나 정말 그럴 수 있었으면 좋겠어.

영민 아- 진짜.

영민 뱉어진 말이 후회돼 몸을 뒤트는데 사람들 놀라 세진 곁에서 영민을 떼어 놓는다. 주미 세진 곁으로 가 안는다.

병태 너 왜 이래 임마.

영민 내가 뭘?

수진 야 김영민. 너 진짜.

영민 (수진에게) 아니요 누나. 그게 아니고요. (자기를 붙잡고 있는 병태에게) 놔봐. 놔 봐 세진이랑 얘기 좀 하게.

병태를 뿌리치고 세진에게 다가서는 영민. 주미 놀라 소리를 지르며 영민을 밀친다.

주미 오빠 왜 이래.

영민 내가 뭘. 세진아 나가서 나랑 얘기 좀 해.

영민 세진의 손을 잡으려 하고 주미는 손을 못 잡게 막는다. 병태 지환이 영민을 세진에게서 떨어트려 놓는다.

영민   (병태에게) 알았어 놔 봐. 안 할게.

병태   하지 마-.

영민   알았어. 놔 봐. 안 해. (자기를 잡은 지환에게) 강남역 아 저씨 노터치. 오케이?

병태   돈 터치.

영민   돈 터치 오케이? (지환 영민을 놓는다) 병태야. 놔. 알았 어. 안 해.

병태   하지 마. 진짜.

영민   안 한다고 병신아. 놔 봐

병태 영민을 놓자 세진에게 돌진하는 영민.

영민   세진아 잠깐만. 잠깐만 나가서 나랑 얘기하자.

지환 영민에게 가서는 팔을 꺾는다. 영민의 입에서 짧은 비명.

지환   너무하시네. 여자 친구한테.

명수   그 팔 놔. 그거 놓으라고.

지환   ….

명수   팔 놓으라고.

지환   … (영민의 팔을 놓는다) 형님. 그게 아니고요.

명수   … 뭐 어쩌려고.

지환에게 달려드는 영민을 붙잡는 병태. 영민의 발이 허공을 헤맨다.

영민 야 네가 그렇게 싸움 잘해? (응덕이 지환을 한쪽으로 데리고 가자) 너 어디 가? 네가 뭔데? 네가 뭔데 우리 두 사람 문제에 끼어들어.

명수 (버럭 소리친다) 야 임마. 김영민.

영민 네!

명수 … 네 감정만 중요한 게 아니야 임마.

영민 나 세진이한테 할 말 있어서 그런단 말이에요.

명수 무슨 말?

영민 (사람들 살피며 세진에게 다가가서는 무릎을 꿇는다) 미안해… 미안해… 미안해. 미안해… 미안해. 미안해… 미안해… 근데 자꾸 생각이 나 미치겠어. (손가락을 관자놀이에 대고는) 여기다 구멍 뚫어서 그 생각 다 끄집어내고 싶은데. 나 어떡해. 세진아. 나 어떡하면 좋아 세진아. 나 정신병원 다닐까-.

영민을 보는 세진 그러라고 고개를 끄덕인다. 천둥소리. 어두워진다.
한바탕 쏟아지는 빗소리.

− 펜션 안.

93

비 그친 새벽. 어둠 덮고 잠들어 있는 영민 병태. 새벽빛 사이로 응덕 모습 보인다. 주위를 살피고 영민 병태 잠든 것을 확인하고는 손짓으로 신호하면 까치 발로 들어오는 주미. 헤어지기 아쉬운 인사를 나누고 펜션 안으로 들어서는 주미 돌아서 응덕에게 인사를 하려다 잠들어 있는 영민의 손을 밟는다.

영민   (몸 뒤척이며) 세진아- 미안해….

주미 응덕 놀라 몸을 움츠린다. 주미 잠든 영민에게 주먹으로 쥐어박는 시늉한다.
서로 먼저 가라고 손짓하는 주미 응덕. 서로 고개 끄덕이고 나가려다 아쉬움에 다시 돌아서는 두 사람. 다시 서로 가라는 손짓. 응덕 나가려다 돌아서면 주미는 나가고 없고 명수가 들어온다. 당황스러움에 놀라 나가는 응덕. 명수 잠들어 있는 영민 병태에게 바닥에 놓여 있는 무릎 담요 덮어 준다. 선영 보인다.

선영   명수야.
명수   ….
선영   가니?
명수   집에 일이 있어서- 먼저 갔다고 얘기 좀 해줘.
선영   ….
명수   갈게.
선영   … 나- 뭐 하나 물어봐도 돼?

명수	….
선영	어제 질투했어 걱정했어?
명수	….
선영	… 추접했지.
명수	질투했어.
선영	… 잘 지내.
명수	… 너도.
선영	… 마지막으로 한 번만 안아보자.

이별을 위해 다가서는 두 사람. 소녀(수진) 보인다.

소녀	취하진 않았는데
	당신 생각이 나요.
	술은 마셨지만
	취하진 않았는데
	당신 생각이 나요.
	당신 생각이 나요.
	취하진 않았는데
	눈물이 나요.
	아플 줄 알고 당신과 만났지만
	아파서 힘들었고요.
	아픈 줄 알고 당신과 헤어졌지만
	아파서 힘들어요.

당신도 그러시면…
당신도 그러시면…
저 어쩌죠.

무대 어두워진다.

– 젓갈과 동치미. (극장)

객석과 마주 보게 관객석 준비되고 관객석과 객석 가운데 무대가 이 장면의 무대가 된다. 관객석과 객석이 밝아진다. 관객석 정리하고 확인하는 수진 병태. 응덕 꽃다발 들고 모습 보인다. 인사 나누는 세 사람. 응덕 관객석으로 자리하면 명수 들어와 병태 수진 응덕과 인사하고 한 쪽 관객석으로 자리한다. 지환 들어온다.

지환 한 사람이 좀 늦거든요.
병태 얼마나요?
지환 지금 차를 못 대서요.
병태 이쪽이 주차하기가 쫌 힘들거든요. 유료 주차장에 넣는 게 좋을 것 같은데.
지환 전화 좀 하고 들어와도 되죠?

지환 나가고 영민과 세진의 모습 보인다. 들어와 인사하고 관객석으로 앉는 영민 세진. 선영 들어온다. 사람들과 인사하는 선영. 명수와 악수를 하고 자리에 앉는다 지환 주변을 살피며 들어온다.

지환   차는 있는데 사람이 안 보이네요.

주변을 살피던 지환 객석을 보고는.

지환   아니 왜 거기 앉아있어? (객석에 여자를 관객석으로 데리고 나온다. 선영에게) 누나 제 여자친구예요. 응덕아 너 그때 봤지?

응덕   (객석의 여자에게) 그때 잘 들어갔어?

지환 객석의 여자와 관객석으로 앉는다.
병태 관객석 한쪽에서 젓갈과 동미치 공연 시작 안내를 한다.

병태   안녕하십니까. 저희 공연 젓갈과 동치미를 찾아 주신 관객 여러분 감사드립니다. 휴대전화기는 무음이나 비행기 모드로 되셨는지 다시 한번 확인 부탁드립니다. 그럼 관객 여러분들에 힘찬 박수 소리로 저희 공연 젓갈과 동치미 시작하겠습니다.

어두워졌다. 무대 밝아 오면 날개 달린 화관 쓴 소녀(주미)가 기억 속 일기장 같은 내용의 편지를 읽고 있다.

소녀   책갈피 사이 단풍잎.

책상 위 지우개 청소차.

스탠드 불빛 위에 걸린 느티나무.

나 뛰는 심장 소리 처음 들었을 너.

느린 모습으로 꿈인 양 자리한 키 작은 소년이던 너.

나의 작은 이별에 처음 입맞춤한 그때.

어떤 모습이라도

멀지 않은 그곳에 있어 주길

바라고 바랐던 그때.

소녀 날갯짓하며 몸이 떠오른다.

소녀 한 줄 한 줄 쓰인 편지를 한 줄 한 줄 찢어 꽃 수술처럼
모아 몸을 흔든다.

춤이 된다. 기억들을 허공에 날린다. 응덕 자리에서 일어서며
환호성을 지른다.

—幕—

한국 희곡 명작선 171

춘천거기

초판 1쇄 인쇄일   2024년 10월 16일
초판 1쇄 발행일   2024년 10월 25일

지 은 이   김한길
만 든 이   이정옥
만 든 곳   평민사
           서울시 은평구 수색로 340 〈202호〉
           전화 : 02) 375-8571 / 팩스 : 02) 375-8573
           http://blog.naver.com/pyung1976
           이메일   pyung1976@naver.com
등록번호   25100-2015-000102호
ISBN   978-89-7115-856-2 04800
           978-89-7115-663-6 (set)
정   가   10,000원

이 책은 사단법인 한국극작가협회가 한국문화예술위원회의
2024년 제7차 대한민국 극작엑스포 지원금을 받아 출간하였습니다.